AF282835

VAYA OSTIAZO, PACO

José Manuel Soler

Vaya ostiazo, Paco

JOSÉ MANUEL SOLER

bubok
EDITORIAL

© José Manuel Soler
© Vaya ostiazo, Paco

Abril 2024

ISBN papel: 978-84-685-8096-8
ISBN ePub: 978-84-685-8107-1

Depósito legal: M-9361-2024

Registro SafeCreative: 2404127627610

Editado por Bubok Publishing S.L.
equipo@bubok.com
Tel: 912904490
Paseo de las Delicias, 23
28045 Madrid

Reservados todos los derechos. Salvo excepción prevista por la ley, no se permite la reproducción total o parcial de esta obra, ni su incorporación a un sistema informático, ni su transmisión en cualquier forma o por cualquier medio (electrónico, mecánico, fotocopia, grabación u otros) sin autorización previa y por escrito de los titulares del copyright. La infracción de dichos derechos conlleva sanciones legales y puede constituir un delito contra la propiedad intelectual.

Diríjase a CEDRO (Centro Español de Derechos Reprográficos) si necesita fotocopiar o escanear algún fragmento de esta obra (www.conlicencia.com; 91 702 19 70 / 93 272 04 47).

Hola. Para empezar quiero decirte que estoy encantado de poder contarte esta pequeña historia, con sus tristezas y sus alegrías. También me gustaría decir que a veces solemos creer que todo está predestinado a suceder, cuando algo o alguien coge o elige un rumbo fijo, aunque, como podrás observar, no siempre sucede así. Es importante saber que todas las personas merecen un respeto. Es obvio; seguro que ya lo sabes, pero es bueno recordarlo de vez en cuando. Siempre, pero creo que sobre todo ahora, en los tiempos que corren, se nos suele olvidar. Y no debería de ser así.

Por situarte un poco, quiero decirte que esta historia que voy a contarte podría haber ocurrido o estar ocurriendo en tu barrio, en tu ciudad o en tu círculo más cercano. Seguramente, me atrevería a decir que todos nosotros conocemos a alguien muy parecido a cada uno de estos personajes. Supongo que te será fácil encontrarle parecido en tu día a día a cualquiera de ellos. Posiblemente ya hayas vivido antes o te estén pasando ahora situaciones parecidas.

Antes te decía que es importante respetar a todo el mundo. No solo es por empatía. A veces la vida nos devuelve el mal que hacemos, tenlo por seguro, y algunas de esas veces es por triplicado, por eso no está de más recalcar esto. Podríamos llamarlo karma, por ejemplo, o que hay una especie de balanza natural por la que en algún momento todos tenemos que pasar. Pienso que esto pasa a modo de advertencia, para que cada uno pueda aprender la lección de lo que no hay que hacer o de cómo no hay que tratar a nadie. A veces lo hace por triplicado, como he dicho antes, para que estemos seguros de por qué nos está pasando todo.

Esta historia podría estar basada en hechos reales, o puede que no... Quiero jugar con esa idea. Ante la duda, te puedo asegurar que, si todavía no has vivido situaciones así, me alegro, aunque seguro que las vivirás. Por eso me agradaría que, si te ves reflejado en alguno de los personajes que irán apareciendo por aquí, mi humilde consejo es que lo mejor que puedes hacer es aprender y mejorar, da igual el personaje de que se trate. Creo que de todos podemos sacar algo valioso para nuestro día a dia y para en un futuro poder llegar a ser mejor persona.

Dicho esto, empiezo presentándote a los personajes. Pero, antes de nada, un apunte sobre el título, que posiblemente te ha llamado la atención. Esa era mi intención, aunque no solo esa. La realidad es que en ningún momento he intentado adornarlo o suavizarlo, tampoco he querido andarme por las ramas. Al final de toda esta historia verás que le va como anillo al dedo y que tú, seas como seas, seguro que no se lo cambiarías.

Empecemos conociendo a Paco. Se podría decir que este personaje es un hombre normal y corriente, de mediana edad, aunque, como irás viendo, es solo en lo físico, porque mentalmente deja mucho que desear. Y no es por deficiencias, sino por su manera de ser. No sé si por la educación recibida, por sus vivencias personales o por los tiempos que corren que hacen que sea así. Supongo que a lo largo de la historia de la humanidad ha habido personas así. Para empezar a describirlo podría decir —y acertaría de pleno— que Paco pisaría a quien hiciese falta por conseguir lo que quiere. Como he dicho antes, es su manera de ser. Seguramente haría todo lo necesario, fuese correcto o no a ojos de los demás, para llegar a donde deseara llegar, sobre todo en su trabajo. Espero que en los demás ámbitos de la vida no sea así, aunque lo dudo. Esto, hablando llanamente, se denomina ser un trepa, aunque se le podría llamar de alguna otra manera. Paco últimamente anda haciendo de las suyas para conseguir un buen puesto en la empresa en la que trabaja. Parece que no es la primera vez que lo hace. Supongo que esta estrategia le funciona, aunque no sé si se dará el caso. El negocio donde está ahora es pequeño, digamos que es una empresa familiar cualquiera. Paco no es una persona con muchos escrúpulos, más bien no tiene ninguno: no tiene valores, ni éticos ni morales. Es bastante envidioso, carece de empatía y arrastra algunos traumas del pasado. Podría seguir contando sus defectos, que son muchísimos más, pero de momento, y para que te hagas una idea aproximada, lo voy a dejar solo en esos, que no son pocos.

A Paco, como buen trepa que es, le encanta hacerle la pelota y reírle las gracias a Antonio, su jefe, otro de los personajes de esta historia. Este es el dueño y señor de su modesta empresa. Y digo esto porque no es de las personas que acepten consejos de cómo manejar su pequeño imperio, ni acepta bajo ningún concepto crítica alguna a su manera de dirigirlo. Antonio es una persona bastante mayor. Es muy parecida a Paco, excepto en lo de trepa, más que nada porque nunca lo necesitó, ya que la empresa la recibió como herencia familiar. Digo que es muy parecido a él por cómo se comportan en el día a día. También Antonio es una persona sin muchos escrúpulos, sobre todo a la hora de comunicarse con los obreros, a los que trata bastante mal y con los que normalmente suele tener palabras despectivas y gestos que dejan mucho que desear. No le suele temblar el pulso a la hora de despedir a cualquiera de ellos, ya sea con razón o sin ella. Además, aprovechándose de su estatus superior, se sabe intocable. Cree estar en posesión de la razón, aunque a veces no sea así. La empresa..., bueno, su empresa la ha perdido en varias ocasiones, apostando y jugándosela al póker en alguna de sus noches locas —el póker es uno de sus vicios, aunque no el único; pero siempre ha tenido la suerte de recuperarla. Aunque, como ya he dicho antes, es una persona bastante mayor, su mentalidad es la misma que la de un chavalillo de veintipocos. No sé si es porque no ha podido disfrutar antes o porque estaba guardando fuerzas para el final, la verdad es que últimamente está irreconocible. Aunque también es cierto que mala vida ha llevado siempre. Tiene vicios que no son normales para alguien de su edad. Fuma como un carretero y bebe lo que le pongan. Y eso solo son algunos de ellos... A Antonio le encanta que le hagan la pelota, pero no de cualquier modo. Alguno de sus obreros lo ha intentado en alguna ocasión, pero no creas que es tan sencillo. O ese tema tiene truco o es que hay que saber hacerlo o hay que encontrar el momento oportuno. Creo que esto de saber hacer la pelota a alguien es un arte o un don; también puede ser que haya que entrenar como si de un deporte se tratase. La cuestión es que de siempre le ha gustado sentirse apreciado, como cualquier persona pienso, pero parece que detecta cuando lo hacen con cierta intención. En su empresa no hay muchos obreros, y que de verdad le aprecien o coincidan con su manera de hacer las cosas, todavía menos. Por su manera de ser deja mucho que desear para cualquier persona y la mayoría de sus obreros pues no suelen ni siquiera intentar caerle bien. Además, casi todos ellos piensan que tampoco se lo merece. Sí es verdad que, cuando cuenta alguna historieta o alguna batallita, sobre todo de las que está viviendo últimamente, todos le dan la típica palmadita en la espalda, pero más por despecho, por quitárselo de encima o simplemente para que se calle. Además, todos coinciden en que no pega a su edad ir contando ciertas cosas, «primero porque no nos importa, segundo porque posiblemente sea mentira y tercero porque hay que ser más honrado», piensa alguno de sus obreros. «Está en la edad del pavo», dice otro cuando él no está —porque estando el delante no se le ocurriría, eso está claro—. «¡Sííí! Está más tonto que mi chiquillo», cuenta otro de sus trabajadores entre risas. Todos bromean pero no en su presencia, pues los que lo conocen desde hace más saben de lo que es capaz.

Bueno, pues a su empresa ha llegado hace poco alguien que sí sabe y hace perfectamente esa labor de hacerle la pelota, parece que ha nacido para eso. Y sí, hablo de Paco, que no es el mejor obrero ni mucho menos, pero sí quien mejor hace ese papel. Este señor parece ser que, aparte de tener ese don, lo entrena, y se esfuerza bastante por hacerlo cada día mejor. Como he dicho antes, como obrero deja mucho que desear, a la hora de arrimar el hombro suele ser bastante flojillo, y todos coinciden en ello. En los momentos en los que hay que realizar alguna tarea que suponga algún esfuerzo mayor, suele desaparecer. Ese se podría decir que es otro don que tiene Paco —posiblemente también lo entrene porque lo hace bastante bien también—. La empresa no tiene muchos obreros, como ya sabes, y antes o después todos saben del pie que cojea cada uno. Paco en lo que sí se esfuerza con bastantes ganas es en ser como ese hijo que siempre quiso tener Antonio. Paco se imagina que sería alguien que siguiese el legado familiar, pero de la forma en que a Antonio le gusta que se hagan las cosas. Digamos que a Antonio le encanta que las cosas se hagan a su manera; vamos, porque para él no hay otra manera de llevar la empresa. Alguien con sus mismas maneras, sus formas y sus mismos gustos sociales, *hobbies*, etc.

Antonio tiene un hijo, se llama Jesús, que es muy buena persona y muy distinto a su padre. Nadie diría que son padre e hijo, sobe todo porque no coinciden en nada. Son como la noche y el día. Esto suele pasar muy a menudo, aunque no lo parezca. Seguro que sabes de lo que hablo, porque ya te habrá pasado antes, habrás tenido la oportunidad de conocer algún caso parecido. Como digo, Jesús es muy buen muchacho, pero no para su padre. Jesús empezó pronto a trabajar en la empresa familiar, siendo un chiquillo. Creo que fue su primer trabajo y la verdad que por poco tiempo. No aguantó mucho, es fácil saber por qué. No fue por que fuese mal trabajador, pues trabajador es y bastante bueno. Por cierto, esto fue hace mucho tiempo, Paco todavía no trabajaba en la empresa. A Jesús nunca le gustó el trato que su padre dispensaba a sus obreros ni su manera de ser. Ni tenían ni tienen los mismos gustos sociales. A Jesús tampoco le gusta cómo su padre trata a su madre, a la que suele ningunear y despreciar siempre, donde sea, pero sobre todo cuando están solos en casa. Antonio es una persona bastante desagradable en general y además poco agraciado físicamente. Es otra cosa con lo que sus obreros bromean habitualmente.

Siempre fue una persona con dinero, pero nunca tuvo suerte con las mujeres. Un trauma para el. Y digo con las mujeres y no en el amor porque en eso sí tuvo mucha suerte, pues tuvo la gran fortuna de conocer a su mujer, Adela, la madre de Jesús.

Adela es una buena mujer, una mujer extraordinaria. Es de esos casos en que te dices: ¿cómo se explica que esta buena mujer pueda o quiere aguantar lo que aguanta? Además, claramente no se lo merece. Pero bueno, Dios le da pan a quien no tiene dientes, como dice el dicho. Por si fuese poco, Adela a Antonio físicamente nunca le gustó. «Pero bueno, más vale esto que nada», pensaba él.

Como veis, Antonio es una persona poco agradecida, nunca ha sabido apreciar a quien tiene a su lado. Bueno, pues, como siempre ha tenido dinero y siempre ha sido bastante vicioso —además también puede ser porque llevan muchísimos años casados—, le era infiel cada vez que quería, que ese es otro de los vicios que tiene. Antonio era y es un asiduo de locales de alterne. Y tampoco es que lo haya escondido mucho. Lo hace por placer, por vicio y creo que también por despecho a su mujer. No tiene respeto ni fidelidad por su esposa, y además se siente orgulloso de ello. Es algo que suele manifestar en muchas ocasiones delante de quien sea, sobre todo de sus obreros. Esto a su hijo no le gusta, es una de las cosas que más ha odiado siempre de su padre. Jesús lo sabe, le han contado en bastantes ocasiones y de buena tinta lo que hacía y hace su padre. Pero poco puede hacer, ya que su madre no lo quiere ver así: siempre que hablan sobre ese tema en casa se suele hacer la que no sabe nada. Es una mujer digamos que chapada a la antigua, le aguanta y le consiente todo. Jesús no se explica esa actitud. En todas las ocasiones en que le ha contado a su madre lo que hacía su padre no le había servido de nada, ya que ella, aun sabiendo que era verdad, siempre le contestaba lo mismo; que era por envidia. «La gente envidia a tu padre por su dinero, Jesús. Por eso te cuentan esas cosas —le decía—. Solo intentan hacer daño». Ella lo respetaba y en el fondo creo que incluso lo quería. No sé si por la edad de ambos o por miedo a quedarse sola, nunca se ha atrevido a decirle o reprocharle nada. También he de decir que llevan toda la vida juntos. Esto, claro está, no justifica la actitud de Antonio, pero sí creo que es uno de los motivos por los que Adela no quiere dar el paso, pues siente un miedo profundo a hacerlo.

Aparte de todos estos temas, quiero seguir profundizando un poco más en otro de los problemas de Jesús, y es que desde siempre ha padecido una enfermedad que no le ha dejado ni le deja engordar, un problema estomacal que nunca le han diagnosticado. Lo sufre desde chico y es algo que le hace vomitar a menudo. Él lo lleva como mejor puede. Además, sus problemas familiares —que como ya veis son muchos— le causan unos nervios terribles, que normalmente se le agarran al estómago y le producen un malestar continuo que hacen agravar el problema. Esto no es todo: aunque he dicho que Jesús no se parece a su padre en nada, es verdad que en algo sí, y es que ha heredado su poco agraciado cuerpo, a ojos de todo el mundo; esto es otro problema para él, porque, aunque este feo decirlo, es la pura realidad: el pobre parece un toxicómano. Además, a Jesús siempre le a gustado el *rock and roll*, siempre se ha sentido un rockero, de ahí que lleve una larga melena, que tampoco ayuda mucho, sobre todo a la hora de encontrar trabajo. Ya que en la empresa familiar no quiere trabajar bajo ningún concepto y su padre lo quiere cuanto más lejos de él, mejor, pues el chaval tiene que buscarse la vida. Pero el pobre no tiene suerte. Mira que lo intenta, pero entre las pintas que tiene y que siempre anda vomitando, no dura mucho en ningún sitio. Es obvio, porque yo me imagino frente a él, haciéndole la entrevista de trabajo, pensaría igual que todos o todas a los que le hacen esas entrevistas. Seguramente en el mismo momento en que se sentase frente a mí decidiría que no es apto para el puesto, aun sin mediar palabra —aunque, como ya he contado antes, es bastante trabajador y muy responsable—. Esta es otra cruz que lleva a cuestas el pobre. Una anécdota que viene al caso es que en el último trabajo que estuvo, después de superar las entrevistas —que como puedes ver para él ya es mucho—, un compañero suyo, por llamarlo de alguna manera, sustrajo algo. Aprovechándose de que tenía las pintas que tiene, pues lo culparon a él. «Este que está enganchado a todo habrá sido», dijo. Y poco más les hizo falta para despedirlo, sin prueba alguna. Este pobre muchacho va a perder la esperanza, si no la ha perdido ya, pero de ninguna manera va a volver a la empresa familiar. «Prefiero verme en la calle y pidiendo limosna antes de volver a trabajar con mi padre», suele decir. No es que sea una persona muy orgullosa, es porque su padre le ha dado suficientes motivos para pensar así.

Otro de nuestros protagonistas se podría decir que viene de la mano de Jesús. Es Edu, un amiguete de toda la vida y que hace mucho que trabaja en la empresa familiar. Este muchacho es el que paga todos los enfados de su padre y es quien le cuenta a Jesús cómo van las cosas en la empresa. A Edu Antonio no lo puede ni ver, no lo traga y no lo ha tragado nunca. Es buen obrero, muy trabajador también, pero es muy buen amigo de Jesús, y eso Antonio lo sabe, pues fue Jesús quien lo recomendó e hizo lo imposible por que su padre le diese trabajo. Solo por ese motivo está en la cuerda floja desde el primer momento en que llegó. Edu sabe que Jesús nunca volverá a trabajar en la empresa familiar, aunque lo intenta convencer; pero de nada le sirve, es una misión imposible. Lo han hablado muchas veces, es un tema que entre ellos siempre y en casi todas las conversaciones que tienen sale.

Edu y Jesús se suelen juntar de vez en cuando, como buenos amigos que son. Se cuentan sus penas, se toman sus cervezas y se ponen al día de todo. Hablando un día tomando unas cañas, Edu le cuenta a Jesús que hace poco ha llegado a la empresa un obrero nuevo, un tipo llamado Paco.

—Menudo fichaje ha hecho tu padre... —le dice entre sonrisas—. Lo mismo me estoy equivocando y estoy juzgando antes de tiempo, aunque no soy el único al que le parece que es un mierdecilla. Un tío bastante gandul sí que es, eso te lo puedo asegurar, siempre intenta escaquearse de los trabajos duros. Además, tiene como aires de grandeza, parece que se cree superior a todos. No me da buena vibra, Jesús, y ya te digo que no soy el único que lo ve así. Eso sí, con tu padre parece que se lleva bien. —Edu se pone más serio—. Siempre anda riéndole las gracias y dándole la razón en todo; pero a la hora de currar, nada, desaparece. No sé cómo lo hace, pero sabe escaquearse. Parece que es su misión, creo que no vale más o es que no quiere hacer otra cosa. Hablando con los compañeros coincidimos. En la empresa no lo conocemos ninguno, pensamos que ha sido tu padre el que lo ha contratado para tenernos vigilados. Pero al parecer no se conocen, ya que, siempre que están ambos con nosotros, este aprovecha para darle conversación, reírle las gracias y preguntarle qué le gusta. Y, ostias, coinciden en todo. Parece que lo hace a caso hecho. Si tu padre dice que le gustan los toros, pues a él también, y además va de entendido. No sé cómo lo hace, pero sabe sacarle una sonrisa. Se ponen a hablar entre ellos y parecen amigos de toda la vida. Que tu padre dice que le gusta la caza, pues nada, al parecer también Paco es cazador. Y no cualquier cazador, el mejor. Mientras todos andamos deslomados currando y tu padre nos lleva como tú ya sabes, a piñón fijo todo el día, con él parece que está haciendo buenas migas. Se pueden pasar el día entero hablando de sus cosas y como que no le importa a tu padre que el menda no pegue palo al agua. Que tu padre dice que le gusta la pesca, pues no te lo vas a creer, pero este tipo le dice que él también es pescador. Y no cualquier pescador, el mejor. Además, le cuenta trucos y le dice de sitios y lugares donde se supone que sabe que hay buena pesca. Eso sí, nunca intenta quedar por encima de tu padre, sabe cómo hacerlo. Se lo está ganando y a nosotros eso nos tiene un poco quemados. No entendemos qué pretende y no sabemos de dónde ha salido, pero el menda está ganando puntos con él. De aquí a cuatro días tiene a tu padre comiendo de su mano.

Siguen charlando. Tras pasar un rato, Edu le pregunta a Jesús:

—¿Y tú qué te cuentas que estás muy callado? Te noto más raro que de costumbre. Bastante cabizbajo.

Jesús le contesta:

—Pues que mi madre está mal. Está mayor, está un poco enferma y el cabrón de mi padre no deja de darle disgustos; además, no le hace ni caso. Nunca se ha portado bien con ella, pero es que últimamente me parece que está deseando que se muera. No le importa verla cada vez peor, y conmigo hace lo mismo. Lo que sí que hace es preguntarle si me da dinero, no le interesa nada más. Aun viendo cómo está no se le ocurre preguntar qué le pasa o cómo está, solo anda reprochándole y diciéndole que está criando un parásito, que me tiene malcriado y consentido. Y como sabes, yo ando buscándome la vida de curro en curro. Pero es que no tengo suerte, siempre he hecho todo lo que he podido y más. No soy una persona que se rinda fácilmente. Y mi padre ganará mucho dinero como sabes, pero a mi madre le da lo mínimo, lo justo, y la lleva controlada a tope con lo que se gasta, por si el dinero que le da acaba dándomelo a mí. Desde muy joven e intentando ser autosuficiente, nunca he pedido nada, y mira que he pasado muy malas rachas como la que estoy pasando ahora, que por ejemplo no tengo ni para mis medicinas.

—Vaya sinvergüenza... No tiene corazón —le contesta Edu, que no se sorprende de nada, puesto que ya conoce a su padre hace mucho tiempo.

Los dos amigos siguen viéndose de vez en cuando y cada vez que pueden se juntan a charlar y a tomar algo, como siempre han hecho. Pero la siguiente vez que esto ocurre las cosas iban a peor para ambos. Pasado un tiempo, se vuelven a ver. Edu le habla a Jesús de cómo van las cosas, como ha hecho siempre:

—Tu padre se ha echado un buen amiguete, ¿sabes? El cabrón de Paco se ha ganado a tu padre, ya es como su mano derecha. Últimamente apenas se separan y se lo lleva de fiesta cada vez más a menudo. Cuando no están pasando el día de caza por ahí, están juntos disfrutando de un buen rato de pesca. Tampoco se pierden ninguna corrida de toros y, para colmo, cuando tienen un rato libre se van a relajarse a donde tú ya sabes. Andan todo el día juntos, como uña y carne. Por lo que alguna vez nos ha contado, sé que Paco también está casado, pero nada, al igual que tu padre parece que a su mujer no le hace ningún caso. Eso sí, ellos dos parecen estar hechos el uno para el otro. Su mujer también estará contentísima con él —dice bromeando—. Cualquiera que no los conozca diría que es su hijo, tío. Y no te vas a creer esto, te va a parecer extraño: sabes que tu padre nunca ha querido tener un encargado en el que declinar su trabajo, pues ahora parece que ha cambiado de idea y se ve convencido. ¿Y a que no sabes quién tiene todas las papeletas para ganarse el puesto? Sí, tío, el menda de Paco. Quién lo diría... Ya casi ni aparece por el curro. Creo que ya solo está en la empresa para hacer los recados a tu padre, siempre anda buscando aventuras que compartir con él. Cuando no viene con planes para irse los dos de pesca, pues aparece con entradas para los toros. Espero que no te siente mal lo que te voy a decir, pero por tu casa irá poco, ¿no? Por cierto, tío, estás cada día peor. ¿Qué te pasa? Hace un mes que no te veo y parece que ha pasado un año. No dejas de empeorar.

Jesús, más cabizbajo que de costumbre, le contesta que lleva unos días durmiendo en el hospital.

—Mi madre está peor. Hace unos días la tuvieron que ingresar de urgencia, su enfermedad es más grave de lo que en principio pensábamos. Ahora estoy a su lado en todo momento. No quiero dejarla sola, no tiene a nadie más y el cabrón de mi padre no da señales de vida. No sé si él irá por casa, pero por el hospital no aparece. Ni siquiera llama por teléfono. Sabe que estamos ahí, pero por lo que se ve esta muy ocupado. Ahora que me cuentas eso, todo me encaja. No le importamos nada, al parecer somos una carga para él. Tampoco es que quiera que venga a vernos, pero ni siquiera se preocupa. Es su mujer y yo su hijo, pero parece que le estorbamos. Tengo la sensación de que nos odia a muerte y por momentos lo demuestra.

Después de esta conversación, ambos se despiden bastante tristes.

Como siempre, el tiempo sigue pasando. Edu, después de esta última conversación, se marcha bastante preocupado por Jesús. Con todo esto sucediendo, Paco, ajeno a todo, sigue a lo suyo: cada día que pasa lo aprovecha al máximo para hacer lo que mejor se le da y sigue haciéndose más y mejor amigo de Antonio. Por su casa, cuando aparece, hablando y alardeando como de costumbre le cuenta muy ilusionado a su mujer que cada día que pasa esta más cerca de lo que quiere y que se está ganando poco a poco un puestazo. El puesto de sus sueños.

—No tengo ni que currar, nena —le dice Paco a su mujer—. Tengo al jefe comiendo de mi mano, ¿sabes? Con tenerlo contento y entretenido me vale. Me está costando sudor y lágrimas —le dice bromeando—. ¿Te acuerdas de que te conté que al viejo le gusta la pesca? Pues yo que me lo llevo a pescar cada vez que quiera; total, si lo paga todo él. Que le apetece ir de caza, pues a cazar se ha dicho, no voy a ser yo el que le diga que no se puede. Hablando con él mientras estamos juntos, a veces se sincera conmigo y me dice que no tiene familia, que está solo. Yo no quiero meterme mucho en ese tema, porque mientras me lo cuenta noto que no se encuentra cómodo hablando sobre eso. Yo creo que no es cierto y pienso que alguien debe tener, pero al parecer no quiere ni verlos. Cada día que pasa lo estoy conociendo mejor, prefiero ir poco a poco. Ahora me trata como a un hijo. Espero que entiendas que últimamente aparezca tarde por casa y ande un poco liado con todo esto siempre, pero es el trabajo de mis sueños, nena. El otro pero que le puedo poner a todo esto es que el poco tiempo que estoy últimamente con mis compañeros me da la sensación de que me están cogiendo envidia. Al parecer no les hace mucha gracia a ninguno de ellos que me esté ganando la confianza de Antonio. Tampoco me importa mucho. Cuando llegue a donde espero llegar en la empresa se van a cagar. Lo que les hace el viejo va a ser poco para lo que les voy a hacer yo. Se van a arrepentir de todo lo que me están haciendo. Me parece que ya se lo imaginan, de ahí que estén así conmigo. Y lo que no saben es que últimamente me está pagando mejor, me trata mejor y además me da el dinero que necesite aparte, para que no pare la fiesta y para sus caprichos, que no son pocos, para sus cosillas. Es viejo pero la va la marcha. Hoy mientras comíamos he estado hablando con él y me ha preguntado que si se está bien en el barrio donde vivo. Me ha extrañado y le he preguntado por qué. Al parecer es que lo ha estado pensando y que estaría interesado en comprar casa por aquí. Me ha hecho el encargo de buscarle y encontrarle algo. Dice que le gusta este barrio y se está planteando la idea de mudarse. La verdad es que es extraño, pero no me ha puesto muchas condiciones para encontrarle sitio. Si no estoy equivocado, me da la sensación de que la suya la quiere vender, y la verdad es que a mí me vendría de lujo. Siendo objetivo, pienso que ya no tendría ni que madrugar, nena. Te digo esto porque el viejo para otras cosas posiblemente sí, pero ya no está bien capacitado para conducir, ya casi me he convertido en su chófer privado. Lo de ser su conductor es una de las tareas que sí me ha pedido por favor que quiere que haga. Y no le puedo fallar. Casi todas las mañanas me dice que lo recoja en su casa, ya que suele dejar el coche donde primero se le ocurre por la noche, y es porque a veces se le hace muy tarde y con tanta juerga tampoco acaba como para conducir. Pues como me lo ha pedido por favor y como no le quiero fallar, además de ser lo poco que hago, lo recojo y se viene conmigo. Últimamente y cada vez más a menudo es en mi coche donde vamos a todas partes.

Estas están siendo de las pocas conversaciones que Paco tiene últimamente con su mujer, que es otra de las protagonistas de esta historia.

—El viejo tiene la costumbre —continúa Paco—, y al parecer siempre lo ha hecho, de ir por la mañana a putear a «sus súbditos», como él los llama cariñosamente mientras sonríe, y a ver que todo vaya bien. Es normal, a esa gentuza no se le puede dejar sola, no se fía de ellos. Dice que no los puede dejar solos porque que se la lían. Yo por lo poco que los conozco haría lo mismo. Mientras él está con ellos, a mí me manda a hacerle los recados, que suelen ser caprichos que se da. No se priva de nada. Ando toda la mañana de un lado a otro.

Normalmente vuelvo de hacer todo lo que me pide sobre el mediodía. Lo vuelvo a recoger, nos vamos y me invita a comer, siempre en buenos restaurantes, en buenos sitios. Y ahí empieza todo. Con un par de vinos se viene arriba y empieza a hacer planes. No sé de dónde saca tanta vitalidad. Me dice: «Paco, mañana nos vamos de pesca, me apetece pasar un buen día de pesca contigo, que tú sí que entiendes. Vamos a por cebo, que en cuanto salga el sol puteo un rato a mis súbditos y nos vamos a pescar». Sé dónde llevarlo y es una de las cosas que dice le gusta de mí, que siempre acierto. Otros días, aprovechando que han abierto ya la veda y le apetece cazar, pues me dice: «Paco, vamos a la armería a comprar, que mañana me apetece pegar tiros». Allí lo conocen bien y solemos pasar largos ratos charlando de caza. Para ser tan mayor está siempre bastante activo. Otra de las costumbres que tiene y no falla es que todas las tardes solemos ir a su local favorito, un sitio donde se siente como en casa, o mejor todavía, porque creo que es donde pasa más tiempo. Según me dice, allí lo tratan como se merece. Le gusta tomarse sus cubatas, ¿sabes?, y no perdona ni una noche. No te voy a decir dónde pero no te preocupes, porque nos tratan bien, lo quieren muchísimo. Dicen que es el mejor cliente y con diferencia, y creo que tienen razón. Se nota que están contentísimos con él. Será porque se gasta lo que haga falta, no escatima. Lo malo es que siempre se nos hace muy tarde, no sé cómo aguanta tanto el viejo. Estando allí pierde la noción del tiempo y no se acuerda de salir. Mientras charlamos me cuenta sus costumbres, que ya las conozco, pero me sirve para seguir ganándomelo. También me habla de sus *hobbies*, y la verdad es que, como ya te dicho, hemos conectado bien. El inconveniente es que después de tanta jarana y tanto empinar el codo no quiere coger su coche, por eso es por lo que me vendría de lujo que se viniese a vivir por aquí cerca. Intentaré y trataré de convencerlo. Yo siempre le digo lo mismo, que este es un buen barrio y se está bien, y que, además de ser buenos amigos como ya somos, también seríamos vecinos. No creo que me cueste mucho terminar de convencerlo.

Pues entre fiestas, cacerías, días de pesca y de más, las semanas siguen pasando. Paco a lo suyo, dedicado por completo a lo que mejor sabe hacer, ganándose la confianza de Antonio y disfrutando con él y el pobre de Jesús en el hospital con su madre, que por cierto no deja de empeorar. Con el paso de los días, la mujer ya casi ni puede hablar. Cada vez está más débil, no encuentra mejoría alguna. Su marido no da señales de vida, pero ella de eso ya ni se da cuenta. Y aunque lo hiciese, supongo que tampoco le diría nada, pues creo que nunca lo habría hecho. Adela pasa la mayor parte del día durmiendo, por la sedación que le administran, dado que sufre de terribles dolores que van a peor.

Ya por estas fechas, cuando la madre de Jesús estaba cerca de su final, recibieron la visita de Edu. Era la única visita desde hacía meses.

—Tenía ganas de venir, Jesús —dijo Edu—. Vengo porque hace mucho que no te veo, quería saber cómo estabais. Me acuerdo mucho de vosotros. Te llamo al teléfono pero me dice que este número ya no existe. Como me dijiste cómo estaba tu madre, pues suponía que estabais aquí. Qué pena me da de verla así... No se merece esto. Siempre me ha tratado como a uno más de tu familia. La quiero y me duele como si fuese mi madre.

Después de un buen rato de visita en la habitación, y habiéndose despedido de Adela, Edu, por animar un poco a su amigo, le dice:

—Vente, tío, te invito a una cerveza en el bar y charlamos. Necesitas desconectar, aunque solo sea un poco. Te vendrá bien salir un rato de aquí. —Edu, conociéndolo desde siempre, sabe que lo está pasando fatal.

—Vale. Llevo aquí mucho tiempo y no he salido del hospital para nada. La verdad es que necesito tomar un rato el aire. Podemos bajar a la cantina del hospital, no me apetece alejarme mucho, ya has visto cómo está mi madre.

Ya estando en el bar, le pregunta Edu a Jesús:

—¿Cómo estás? Aunque ya veo que mal. ¿Es que no comes? Estas todavía más delgado y pareces estar más enfermo.

—Como poco, a veces nada, a veces lo que deja su madre. La pobre ya casi ni come y lo que ella no quiere pues lo aprovecho yo. Aunque no tengo hambre, ¿sabes? Viendo a mi madre así se me quita el apetito.

—Es normal, sé que necesitas tomar algo, pero te entiendo. —Tras dudar un momento, pregunta—: ¿No me vas a preguntar por tu padre?

—No, la verdad es que no me importa. No sé nada de él ni quiero saberlo. Por aquí no aparece y tampoco quiero que lo haga. Nos tiene olvidados.

—Te entiendo, esa actitud es imperdonable. ¿Y con tu móvil qué pasa?

—Dejé de recargarlo, supongo que me han cortado la línea. Tampoco lo necesito, la única que me llamaba era mi madre y la tengo aquí. Tú también lo hacías, pero a ti sabía que te vería en cuanto saliese de aquí, si no antes, después. Te agradezco que vengas, eres la única visita que hemos tenido. Está siendo muy duro y ya no me quedan fuerzas. —Jesús está casi abatido.

—Pues no te va a dar gusto saber que a tu padre parece que no le faltan las fuerzas. El cabrón no para. Como sabes, antes estaba siempre con nosotros, día a día, al pie del cañón. No hacia nada, pero ahí estaba, con el látigo todo el día, haciéndose notar. Pero últimamente solo está un rato por la mañana y enseguida se va con su coleguita Paco; eso el día que va, porque parece que la costumbre de estar cada mañana con nosotros la está perdiendo. Han hecho buenas migas los dos, son tal para cual. La verdad es que me gustaría decirle lo sinvergüenza que es, pero ya sabes que tu padre me tiene calado. Muchas veces me tengo que morder la lengua porque sé que en el momento que abra la boca me va a despedir.

Edu no sabe cómo darle la mala noticia a Jesús. Finalmente se dice:

—No sé si es verdad, y espero que no, pero he oído, se comenta que tu padre ha vendido vuestra casa y se ha mudado cerca de donde vive Paco. Es una conversación que mantuvimos los compañeros y no quiero terminar de creérmelo. Todos coincidimos y conociéndolo sabemos que sería capaz. Si es verdad lo que dicen, sería para matarlo. Pensamos que se le ha ido la pinza, aunque todavía carbura bien, ¿sabes? Si lo ha hecho no tiene perdón.

—No me importa. Nunca he querido nada de él. Ya lo conoces y sabes que suele reprochar lo poco que haga por cualquiera. Además, no creo que salga vivo de esto. Estoy con una actitud bastante negativa con todo lo que me está sucediendo. No quiero ni pensarlo, pero creo continuamente que si se muere mi madre yo supongo que también. No creo que dure mucho más que ella, si no me muero yo antes.

—¡No digas eso! —Edu se muestra conmocionado y bastante preocupado—. Todavía eres joven, tío. Nos queda mucho por delante, no te puedes rendir ahora, tienes que sacar fuerzas de donde sea. Hazlo por ti y por tu madre. Conociéndola sé que te pediría lo mismo que te estoy pidiendo yo. Además, sabes que a mí me tienes para lo que haga falta. Siempre te estaré agradecido por todo lo que has hecho por mí. Sé que jamás lo aceptarías, pero si necesitas dinero yo te puedo prestar. Nunca he dispuesto de mucho, pero por ti hago lo que haga falta. También quiero que sepas que mi casa la tienes para lo que necesites. —A Laura, que es su mujer, se lo ha contado también—. Sabes que ella también te aprecia muchísimo y estaría encantada de poderte ayudar. Una mala racha la tiene cualquiera. Eres de las pocas personas que siempre se ha portado bien con nosotros. Y cuando estábamos sin blanca fuiste el único que se dignó a ayudarnos sin pedir nada a cambio. En casa tenemos una habitación, que como sabes no usamos. Si la necesitas la puedes usar, sin ningún compromiso. A Laura también le preocupa mucho todo lo que te está pasando. Me duele mucho verte así. Espero que la próxima vez que venga todo haya mejorado y estéis mejor.

—Gracias por todo, pero no hace falta. Lo único que necesito es que mi madre mejore, no pido nada más. Ya pensaré dónde ir si hace falta. Te lo agradezco de corazón.

Después de un buen rato hablando ambos se despidieron con un gran abrazo. Edu se marchó bastante preocupado.

Por desgracia, unas semanas después de esta visita la madre de Jesús murió. Un día muy triste para él, supongo que el peor de toda su vida. Mira que había pasado días malos, pero como aquel creo que no. De pronto lo poco que tenía lo perdió, todo había acabado para él. Desolado y hundido, abandonó el hospital.

Pero la vida avanzaba. El mundo seguía girando y todo continuaba su curso. Algún tiempo después, y ya habiéndole cambiado la vida por completo por desgracia, Jesús deambulaba por las calles y pasó bajo la casa donde había convivido con sus padres. Se acercó al portal y con los ojos empapados de lágrimas comprobó que en la pegatina del fono ya no figuraba el nombre de su madre ni de su padre. Cruzó la calle y desde enfrente pudo ver a una pareja joven pintando las paredes de lo que era su antiguo salón. Los rumores eran verdad, ya no era su casa. Se sentía la persona más desgraciada del universo entero.

Incrédulo, pero no sorprendido, corroboró lo que en el fondo no se quería terminar de creer: ya no le quedaba nada. Estaba solo, vivía en la calle, dormía en la calle y comía de lo poco que la gente le daba.

Mendigando y deambulando como alma en pena a veces solía ponerse en la puerta de una farmacia donde pedía limosna, para poder comer y para la medicación, que más que nunca seguía necesitando. Sus problemas de estómago, como siempre había sido, ahí seguían, incluso empeoraron.

Muy lentamente para él fue pasando el tiempo y poco a poco se convirtió en un asiduo en la puerta de esa farmacia, como si fuera un cartel publicitario o informativo. Todo muy triste, la verdad.

Mientras tanto, y ajenos a todo esto, nuestro queridísimo Paco y su gran amigo y alma gemela, Antonio, seguían a lo suyo, disfrutando y gozando como si no hubiese un mañana. Paco cada día más cerca de su puesto de trabajo soñado y Antonio como si nunca hubiese tenido familia, algo en lo que Paco nunca quiso indagar demasiado, siempre se ocupó más por cumplir su misión.

Con el tiempo, Antonio llegaba cada vez más tarde, incluso había días que ni siquiera iba, algo extrañísimo en él. Cuando lo hacía, enseguida se largaba. Sus obreros en el fondo se lo agradecían, y es que sus razones tenían. Estaba bastante entretenido con su coleguita Paco y muy ocupado consigo mismo. Ambos siempre tenían algo que hacer juntos, alguna aventura o algún plan especial que cumplir, y por supuesto por la tarde a su local favorito, porque todas sus mejores costumbres no las iba a perder.

—Nena, el viejo está hecho un toro —le cuenta Paco a su mujer bromeando en las pocas ocasiones en que se le ocurría aparecer por casa—. Mira que es feo el cabrón, pero como tiene dinero a las camareras del local donde lo llevo por las tardes las tiene engatusadas. Tiene un don, el don del dinero —le seguía contando a su esposa, a la que mantenía siempre medio engañada—. Siempre les hace buenos regalos. Es rara la semana que no tengo que comprarle viagras. —Esto lo dice a carcajadas—. Me ha vuelto a subir el sueldo y me ha contado que necesita un encargado y que ha pensado en mí, ¿en quién si no? Es el puesto de mis sueños, nena. Nada de currar, simplemente soy su chófer... Bueno, y tenerlo entretenido, que no es poco. —Todo esto que Paco le contaba a su mujer le servía para que siguiese siendo tan sumisa y comprometida con él y con todo lo que últimamente hacía—. Me ha costado mucho, pero creo que estoy a un paso de conseguirlo. Cada vez veo más cerca el final de este túnel. Ya casi puedo ver la luz al fondo de todo esto. Aunque no lo creas, también me está costando muchísimo esfuerzo, pero verás la recompensa, no dejo de pensar en ella. Será para siempre y la disfrutaremos juntos cada día. Como siempre he soñado.

Mientras tanto, el tiempo seguía pasando. Antonio ni se acordaba de su mujer ni quería hacerlo; tampoco echaba en falta a su hijo, del que tampoco se acordaba ni quería hacerlo, y que por cierto seguía deambulando y malviviendo por las calles.

Jesús, a diario, hiciese el tiempo que hiciese, seguía pidiendo limosna en la puerta de la farmacia. «No me queda otra», se decía. Lo pasaba fatal, como cualquier humano lo estaría pasando en esos momentos. Creo que bajo ningún concepto se lo merecía, ni él ni nadie, pienso yo, y espero que tú también. El pobre chaval tenía que aguantar de todo, como puedes imaginar no era una vida nada fácil. A él, que siempre había sido un luchador, no le molestaba que su padre no se hubiese preocupado de saber cómo estaba, en el fondo no le guardaba ningún rencor, pues ya sabía que su progenitor nunca le había querido. Jamás le había tratado con respeto y ya había aprendido a convivir con ello, lo había asumido. Él jamás habría sido el hijo deseado para su padre y lo aceptaba autoengañándose. Antonio, por su manera de ser, no entendía por qué a su hijo no le gustaba la caza, era algo que siempre hubiese querido inculcarle; tampoco la pesca, con lo divertido que lo hubiesen disfrutado y pasado juntos, ni ninguno de sus otros demás *hobbies*. No entendía por qué no seguía sus aclamados pasos. Además, Jesús siempre le decía que, como nunca había tratado a su madre con respeto, pues él tampoco le mostraba respeto alguno, algo que Antonio tampoco entendía. Por eso a Jesús no le extrañaba que no se preocupara por él, por saber cómo estaba. En el fondo no le molestaba.

Seguramente a esas alturas tú mismo te lo estarás preguntando: ¿había algo que le molestase a este muchacho? La respuesta es que sí, es obvio que a todos hay algo que no nos gusta. A Jesús no le agradaba algo que no terminaba de entender: ya estando en el lugar que él había tristemente elegido para estar mendigando, llegaba un individuo, que iba de vez en cuando a comprar por allí. Esta persona, de aspecto chulesco como él la hubiese descrito, tenía la fea costumbre de escupir en el suelo cerca de donde él estaba sentado pidiendo; además, lo hacía conscientemente, mirándolo a la cara y con bastante desprecio. Esto era algo que aquel tipo no solo hacía exclusivamente con él, pues se había percatado de que, cuando salía de la farmacia y cruzaba al supermercado de la acera de enfrente, supuestamente a hacer sus compras, hacía exactamente el mismo gesto despreciativo con la persona que había mendigando allí. «Qué feo lo que hace este tipejo», pensaba. La verdad es que se notaba que era alguien prepotente. «Se creerá mejor que nosotros», se decía para sí mismo. También se había percatado de que, después de hacer los recados el tipejo, con esa mala costumbre y sus malos gestos, se montaba en su coche y se largaba. Aparte de esto, Jesús se dio cuenta de que no podía estar muy equivocado pensando eso de aquel tío. Fijándose detalladamente en todos sus actos había llegado a la conclusión de que, aunque hubiese sitio para aparcar frente al súper o frente a la farmacia, siempre elegía aparcar el coche que conducía en una plaza delimitada por el ayuntamiento para minusválidos que había un poco más adelante de aquella farmacia. «Todo me cuadra —pensaba Jesús—. Este tío va de listo por la vida». Nada más lejos de la realidad, pero desgraciadamente estaba en lo cierto. No se equivocaba en absoluto. Este era otro gesto de este tipo que a Jesús le llamaba mucho su atención.

—Qué ascazo de mendigos, Antonio... Está todo infectado de esta chusma. ¡Que se vayan a trabajar, ostias! ¡Gandules! Lo que hace la gente por no trabajar... Ahí sentados esperando a que te den para comer se está de lujo. Y viven perfectamente, y seguro que les dan subvenciones que nosotros les pagamos.

Sí, has acertado, es lo que estás pensando, los del supermercado son Paco y Antonio. ¿Qué pequeño es el mundo a veces, verdad? He de decir que Antonio nunca llegó a ver a su hijo, ya que Paco, aun sin verse en la obligación de tener que llegar a hacerlo, siempre aprovechaba y aparcaba en el sitio habilitado para personas minusválidas. Pero bueno, todo siguió su curso.

—¡Qué razón tienes, Paco! —le dice Antonio—. Esa gentuza hace lo que sea por no trabajar. Pero no te entretengas más y vámonos, que hoy tengo que darte una buena noticia. Como de costumbre y para no variar.

Estando entonces los dos en su local favorito, el cual se podría decir que habían convertido en su oficina personal, y ambos con unas cuantas copas de más, le dijo Antonio a Paco:

—Viendo que como encargado de mi empresa cumples con mis expectativas, y dado que estoy muy contento contigo, quiero que sigas ascendiendo en la empresa.

Paco al escuchar aquello se puso contentísimo. ¡Vaya notición!

—He estado dándole vueltas y pensándolo, y quiero que seas el gerente. Para abreviar, quiero que seas el que corte el bacalao, vamos —le dice

Antonio—. La verdad es que me tienes muy contento, estoy muy satisfecho por cómo estás haciendo las cosas. Piénsatelo. Si necesitas más salario, mejores condiciones todavía y parte de la empresa, por no decir toda, piénsatelo. Si lo tienes claro, mañana me dices algo. Vete a casa si quieres, yo voy a ver qué quiere esta nena tan guapa en su habitación... Ya vuelvo a casa en taxi, no te preocupes por mí. Mañana nos vemos. Anda y ve a contarle a tu mujer lo que te he propuesto, que seguro que le das una alegría grandísima.

Paco, más entusiasmado que nunca, se fue sin más demora a casa, diciéndose: «Ahora sí que va a flipar. Mi mujer no se lo va a creer... ¡No me lo creo ni yo! ¡Qué suerte! ¡Qué bien! Ahora sí que ya no voy a pegar palo al agua. Los súbditos de mierda estos van a arrepentirse de todo lo que me han hecho. No se imaginan lo que les espera. Que se preparen», seguía diciéndose, con sonrisa y pensamientos maliciosos.

Fue un gran día para él. Sus sueños se hacían realidad poco a poco. Su mujer también se mostró contentísima al escuchar lo que su marido le decía, sabía que aquello era importante para él, que llevaba mucho tiempo luchando para conseguirlo, y pensaba que ese era el motivo por el que se tiraban tanto tiempo separados.

Aquella noche la feliz pareja disfrutó brindando para celebrar el futuro ascenso, tan merecido.

A la mañana siguiente, radiante —no era para menos—, Paco fue a recoger a Antonio deseando decirle que sí, que estaba orgulloso y que aceptaba con mucho gusto; que su mujer estaba feliz y muy contenta también con su propuesta. «"Es mi sueño hecho realidad", le diré. De la nada al todo. Tengo la sensación de que he conseguido algo importante. Ahora me viene a la mente y recuerdo a todos los que me decían que siendo así no iba a llegar a ningún lado. Qué ilusos... Se reían y me reprochaban porque no estaban tan seguros como yo de lo que podría llegar a conseguir». Sabiendo esto, todo hacia presagiar que iba a ser otro día grandioso para Paco y eso habría que seguir celebrándolo.

Ya por la mañana, y como últimamente siempre hacia, fue Paco a recoger a Antonio a su nueva casa, que ahora tenía bastante cerca.

—Monta, Antonio, que nos vamos. Sin más preámbulos he decirte que sí, claro que sí, que acepto el cargo encantado. Este ascenso hay que celebrarlo por todo lo alto.

Paco, más zalamero todavía si cabe que de costumbre, le dice a Antonio:

—Hoy invito yo a todo lo que guste o necesite el señor. Esta noche, más que nunca, a tope.

Iba a ser un día genial, inolvidable. «¡Ni en mis mejores sueños, joder!, pensaba Paco.

La verdad es que sí, el día fue tremendo para él. ¡Vaya día! ¡Menuda comilona se dieron para celebrarlo! Estuvieron brindando por todo lo alto. «Lo único malo es que me va a costar una pasta todo —pensaba Paco—. Al viejo luego habría que llevarlo a que desfogase, claro. No me explico y no sé cómo aguanta tanto el cabrón. Pero bueno, es por un buen motivo, me pienso gastar lo que haga falta.

—Las buenas noticias no acaban para ti aquí, Paco: mañana firmamos los papeles —le dijo

Antonio mientras comían—. Ya lo tengo todo preparado. Si hoy es un buen día para ti, mañana va a ser todavía mejor. Lo vas a notar de inmediato porque te va a cambiar la vida para siempre. Te lo mereces.

Orgulloso y entre brindis, Paco dijo:

—Gracias, Antonio. Aún no me lo creo, pero sí, es verdad que me lo merezco. Llevo toda la vida luchando y trabajando, a la espera de este momento. Había veces que pensaba que nunca llegaría. —Para él todo pintaba genial en ese momento.

Después de la celebración, de tanta comilona y después de bastantes brindis, como de costumbre, se fueron bastante contentos a su local favorito a seguir con la fiesta del futuro y celebrando el ascenso.

—Hoy sesión doble, Antonio, que como te he dicho, más que nunca, invito yo —le decía Paco insultante y bromeando—. O triple, que estás hecho una fiera.

Aquí aprovecho para darte un dato que viene muy al caso: esa iba a ser la primera vez que Paco se gastara un euro en Antonio, porque, para que se sepa, este siempre había sido bastante roñoso, en general, no solo con él, otra virtud cariñosa de nuestro ya queridísimo Paco.

Todo iba estupendamente. ¡Vaya día! ¡Vaya tarde! Estaban celebrándolo a lo grande y el viejo soplando que daba gusto verlo. Se bebía las copas de trago el cabrón. Todo empezaba a írsele de las manos y, poco a poco, se vino arriba más que de costumbre. Entre risas y bromas, y más colorado ya que un tomate, le dice a Paco:

—Dame la pastilla, que voy para dentro. —Se refería a las viagras que Paco le conseguía—. Bueno, dame dos, que hoy triunfo —le decía riendo a carcajadas—. Además, yo también quiero celebrarlo a lo grande, ¡qué cojones! —El viejo estaba que se salía.

Nada, Paco le dio lo que le había pedido, que para eso estaba, y para dentro que se fue. Iba más contento que un ocho con su nena favorita, una de las chicas del local donde le gustaba que lo llevara todas las tardes, que ya era como su oficina, y a la que tenía engatusada con tanto regalo. Aunque no se sabía quién tenía más engatusado a quién, porque ella, sabiendo que el viejo tenía mucho dinero, sabía cómo tenía que tratarlo para ganárselo, pues le sacaba lo que no estaba en los escritos con tanto capricho. Se aprovechaba de él no como Paco, que claramente lo hacía por una buena causa...

Entre tanto, cómo no, Paco mientras a lo suyo, ya estaba haciéndose todas las ilusiones del mundo, pensando en sus planes de futuro. Soñando despierto, vamos. Al día siguiente firmaría todos los papeles. ¡Joder, había triunfado! ¡Cuánto tiempo soñando con aquel momento! Lo podía ver tan cerca que ya casi lo saboreaba. Además, le estaban sentando las copas como nunca y le parecía bastante raro, ya que las estaba pagando él mismo.

Bueno, sigo, que me pierdo. Estando Paco en su nube y ya habiendo pasado un buen rato desde que el viejo se marchó con aquella chica a su habitación, ve que entran de repente por la puerta del local dos enfermeros del SAMUR, camilla en mano y corriendo a toda velocidad, siguiendo a una de las camareras, que les va indicando el camino.

—¡Venid, venid! ¡Es por aquí! ¡Rápido, rápido, por favor! —les gritaba.

«Coño, ¿que habrá pasado —pensó Paco—. Vaya follón se está montando». Pues ni en sus peores pesadillas habría soñado lo que estaba a punto de ocurrir. Ni a sus peores enemigos se lo desearía. «Bueno, a esos sí», pensó luego. Después de un buen rato y en medio de todo el desconcierto, veo salir a los enfermeros con alguien en la camilla. Se pone Paco en pie y...

—¡Dios, si es el viejo! No puede ser... No puede ser... ¿Qué ha *pasao*? ¿Qué ha *pasao*? —pregunta.

—Pues que el viejo se ha *quedao pasmao*. Eso es lo que ha *pasao*. Me dicen, que le ha *dao* un infarto al cabrón.

Paco no se lo termina de creer: «¡Que iba a firmar los papeles mañana, joder! Bien se podía haber es-perado una semana más para morirse», pensaba el sinvergüenza. Madre mía... ¿Ahora qué hago yo? ¿Qué le digo a mi mujer? Con todos los planes que teníamos ya... Con tantas ilusiones que me había hecho...». Al parecer tanta juerga le había pasado factura al viejo. No era nada saludable la vida que últimamente llevaba, y su edad tampoco ayudaba. Además, aquella noche se había soltado la melena demasiado. Y nada, así acabo la noche. Lo que tan bien empezó, así de mal estaba terminando: Paco a casa con un disgusto terrible y el viejo al hospital más muerto que vivo. Vaya sorpresa.

Bueno, después de todo eso, que no fue poco, Paco se fue a casa, se había acabado la celebración. Tal fue su pesadumbre que pasó toda la noche sin dormir. ¿Cómo iba a dormir, si no paraba de darle vueltas a la cabeza?

Ya por la mañana y hecho un trapo, pensó en darle la noticia a su mujer, pero antes se dijo que iría al hospital a ver al viejo, rezándole a todos los santos por que Antonio estuviese bien. Pensaba: «Que no la haya palmado... Por Dios, que salga de esta, que estoy a un paso de conseguir lo que tanto he soñado, por lo que tanto he luchado. De camino tengo que parar en la farmacia a comprar algo para tranquilizarme, algo que me calme estos nervios, que me van a matar. Por el momento, y para ahorrarle disgustos, no quiso decirle nada a su mujer, en el fondo todavía le quedaban esperanzas de que todo hubiese sido un susto y aquello se quedase en nada.

Llegó a la farmacia y se bajó del coche. «Míralo, este se ha quedado a vivir aquí. ¡Qué asco, joder! —se decía como siempre—. Vaya mindundi. Se pensará que le voy a dar algo el cabrón, para que luego se lo gaste en droga. Menudas pintas tienen... Como siempre le escupiré cerca y que le dé la vuelta, a ver si tiene suerte y le sale premio». Eso era lo que más odiaba Jesús de aquel tipo, al que por supuesto no conocía, solo que iba de vez en cuando por allí. Finalmente Paco le escupió como siempre y entró en el local. Casualmente también estaba allí Edu.

—¡Ostias, Edu! ¿qué haces aquí? —le preguntó Paco.

—Pues a por unas cosas para mi mujer. Está enferma y necesita medicamentos. Mira, aprovechando la coincidencia, pues te digo que hoy no voy a poder ir a currar. Tengo que quedarme en casa con ella a cuidarla.

—Bueno, tranquilo, no te preocupes. Dile que se mejore. Nosotros ya nos veremos cuando esté mejor y vuelvas al trabajo. Además, yo tampoco creo que vaya a ir hoy... Creo que me espera un día bastante ajetreado... Ya te contaré... —Paco no quiso decirle nada todavía de lo ocurrido—. Es algo gordo... —añadió bastante intranquilo.

Un buen rato antes, Edu se había vuelto a encontrar después de mucho tiempo con Jesús. Al principio casi no reconoció, pues no se habían vuelto a ver desde la última visita de Edu al hospital. Le había sorprendido muchísimo verlo allí mendigando.

—Joder, Jesús, ¿eres tu? ¿Pero qué haces aquí? ¿Dónde te habías metido? No sabía nada de ti, me tenías muy preocupado. Se me ha llegado a pasar por la cabeza de vez en cuando que habías hecho alguna locura. Laura no deja de preguntarme por ti, incluso llamamos a la policía por si sabían algo. ¡Vaya alegría que me acabas de dar, tío! —Edu abrazó a Jesús y con lágrimas de alegría en los ojos añadió—: Aquí no te quedas, tú no te mereces estar así. Entro a comprar unas cosas para Laura que está pachucha y nos vamos, que se va a alegrar muchísimo cuando nos vea llegar a casa juntos.

Después de esta grandiosa sorpresa y de estar charlando un buen rato los dos, Edu entró a la farmacia a comprar lo que necesitaba. Cuando volvió a salir y después de encontrarse con Paco, le dijo a Jesús:

—Tío, antes de irnos quiero que te fijes bien en el tipo que va a salir de la farmacia. Es Paco, el coleguita y mano derecha de tu padre. Qué casualidad que me lo encuentre hoy también aquí... Qué pequeño es el mundo a veces, ¿verdad?

Paco salió de la farmacia apresurado y, sin despedirse siquiera, se largó a por el coche para ir al hospital.

—¿Te has fijado, Jesús? Ese es.

—Sí, lo conozco, suele venir por aquí de vez en cuando. Me cae fatal y creo que con razón, y es que tiene la puta costumbre de escupir al suelo mirándome fijamente a la cara y con bastante desprecio. También me he dado cuenta de que hace lo mismo cuando cruza al supermercado con aquella persona que está pidiendo alli. Debe ser su costumbre. Al parecer no le gusta ver a la gente mendigar. Se creerá mejor que nosotros.

—Pues sí, ese tipo es así, has acertado de pleno. Venga, vente a casa, no te quedes aquí. No te esperaba encontrar aquí. Volví al hospital en cuanto pude y me dijeron lo que por desgracia había pasado a tu madre, una pena. Lo siento de corazón.

Empezaron a caminar a casa de Edu contándose lo ocurrido en ese tiempo para ponerse al día. Laura se alegró mucho al verlo. Hacía mucho que lo conocía, ya sabía desde hacía mucho lo buena persona que siempre había sido y lo bien que siempre se había portado con Edu y con ella.

Después de un par de días, Edu volvió al trabajo y se reencontró con Paco. Le notó en la cara que algo raro pasaba. «¿Dónde estará Antonio?», pensó cuando vio a Paco solo y con tal actitud. Por cierto, Paco tampoco había aparecido por el trabajo desde entonces. «Seguramente la última fiesta que se metieron estos dos fue descomunal», pensó Edu. Pues no iba mal encaminado.

Paco ese día, sin saber cómo se iban a tomar la noticia, reunió a todos los trabajadores.

—Chicos, Antonio ha muerto. ¡Joder, lo quería como a un padre! Perdón, más que a mi padre. —La verdad, parecía conmocionado—. Como vuestro encargado que soy, acertadamente elegido por Antonio —decía *modestamente* el sinvergüenza—, he de deciros que necesito unos días para saber qué vamos a hacer.

Edu recibió la noticia, incrédulo y sorprendido. Paco, tras una larga y emocionada charla, les contó a todos cómo, cuándo y dónde había muerto su jefe. Añadió que sus últimos momentos los había pasado junto a él y que ahora le quedaba un último recado que hacerle a su jefe, un último favor. Paco andaba buscando al hijo de Antonio, al que él personalmente no tenía el placer de conocer, porque supuestamente iba a ser el único heredero.

Necesitaba encontrarlo para darle la noticia. Edu se dijo: «Ahora, y sabiendo lo que sé, pienso que, cuando nos dijo que necesitaba unos días para ver qué hacer, era seguramente para preparar el terreno. Supongo que ya estaba haciendo planes para empezar a hacerle la pelota a su nuevo jefe».

Después de esta noticia, Edu volvió esa tarde a casa, con más ganas de llegar que nunca. Durante el discurso de Paco en el negocio, en ningún momento le dijo que él conocía al hijo de Antonio. No le dijo nada, ni él ni ningún compañero. «La venganza se sirve fría», pensarían.

Finalmente le dijo a Jesús:

—Tío, no sé cómo te vas a tomar esto... Tu padre ha muerto. Lo siento.

También le resumió el discurso de Paco y sus deseos de encontrar al hijo de su patrón.

—¡Jesús, la empresa es tuya, tío! —le dijo Edu—. Hacía tiempo que te merecías que te pasase algo bueno. Dentro de la desgracia de haber perdido también a tu padre, claro. Ahora puedes y debes volver, y por la puerta grande. Sabes que en el curro todos los que te conocemos te apreciamos mucho y siempre te hemos echado en falta desde que te fuiste. Sabes que todos estarían encantados de que volvieses.

Esa noche los tres estuvieron de celebración, se lo merecían.

Después de este tobogán de emociones y esta grata sorpresa final, Jesús volvió a la empresa, vaya que si volvió... Acompañado de Edu, se presentó de buena mañana en el curro. Mira tú por dónde, había madrugado Paco también y ya estaba con los demás obreros.

Bendita casualidad, porque me encantaría que hubieses visto la cara de Paco cuando, al llegar Edu, este le dijo quién era el hijo de Antonio.

—Mira, este es el heredero de todo, tu futuro jefe.

Fue algo memorable, tremendo, bárbaro. «Tierra, trágame —pensó Paco—. Es el mindundi de la puerta de la farmacia. No puede ser... No puede ser... Esto tiene que ser una broma...».

—¡Vaya ostiazo, Paaaco! —le dijo Edu riendo. Le tenía unas ganas terribles.

—¡Vaya ostiazo, Paaaco! —le dijeron los demás compañeros, que también le tenían las mismas ganas, o más, riendo.

«¡Vaya ostiazo, Paaaco», le diría su mujer llorando cuando llegase a casa y este le contase lo que había pasado.

Como te puedes imaginar Paco pasó un día terrible, sobre todo en el curro. Normalmente sabe perderse y escaquearse, pero ese día lo tuvo que hacer mejor que nunca. Las pocas veces que se dignaba a dar la cara volvía traspuesto. Algunos compañeros, bromeando, le decían al verlo:

—Venga, Paco, que hoy nos invita el jefe a comer. Después nos vamos de marcha a donde solías ir por las tardes con Antonio. Que no se pierdan las buenas costumbres.

¡Qué mala gente! Con lo que él se imaginaba que les iba a hacer tras su ascenso. Pobreticos. Y todavía, supongo que para él, le quedaba lo peor, que le esperaba a la vuelta, en casa, cuando le diese la noticia a su mujer.

Jesús en ningún momento le dijo ni le reprochó nada. A Paco le bastó con ver su presencia, que supongo que para él sería aterradora. Yo no hubiese querido estar en su pellejo.

Para ir terminando, quiero que sepas que, hoy nuestro queridísimo Paco sigue en la empresa, no sé hasta cuándo. Los compañeros ahora están encantados. Pero ya no es el encargado, ni el futuro jefe, como puedes imaginar. Ahora es un obrero. Ahora el encargado es Edu y Paco es más conocido como «Paco el del ostiazo».

Así es y así te lo he contado. Al principio de toda esta historia dije que todos podemos aprender de cada uno de los personajes, para seguir mejorando como personas. También aseguré que no cambiarías el título de esta historia, espero haber acertado. No sé si te has visto reflejado en alguno de ellos o ellas; espero que sea así y que no sea del pobre de Paco, pues entonces eres de los que más tendrías que aprender. Pero no solo de Paco se puede sacar mucho en claro, Antonio también podría enseñarnos muchísimo, aunque ha quedado claro que su manera de ser no es de las mejores. Yo de él me quedo con su perseverancia, todo lo demás lo puedo desechar. De su hijo Jesús nos podemos quedar con todo lo bueno que tiene, que no es poco; con todo menos con sus pintas, por Dios, con eso no. Bueno, solo son bromas, porque el físico debería ser en lo último en lo que fijarnos —aunque por desgracia eso no sucede casi nunca—. De Adela también se puede aprender muchísimo. Yo pienso que es cierto que hay que aguantar, y más si se quiere a la persona que hay al lado tuya, todavía más si es durante tanto tiempo. Pero hasta cierto punto. De Edu me quedaría con todo, porque, aunque aquí no se ha dicho todo de él, es cierto que siempre hubiese querido ayudar a Jesús todavía más y una de las causas por lo que no ha podido hacerlo es porque su mujer, pues Laura y él han estado durante toda esta historia cuidando de sus propios padres; a causa de la edad, a ellos también le han dado mucho trabajo. Por cierto, Laura le tenía una habitación preparada a Jesús desde el mismo momento en el que su marido empezó a contarle cómo lo había visto en su visita al hospital. Es algo que Jesús siempre valorará de ellos y todos los demás compañeros. He de decir que siempre han querido mucho a Jesús. Todos ellos saben que nunca se hubiese aprovechado de ellos ni los hubiese tratado como su padre, aunque las cosas habrían llevado otra dirección. Todos ellos saben que es una persona con un gran corazón. Hoy todos piensan lo mismo: que ya se merecían tener un buen jefe. Ahora, al sentirse bastante más valorados profesionalmente, se lo devuelven dejándose la piel en cada día de trabajo. Paco el del ostiazo, para ser sincero, no se deja la piel, para qué engañarnos. Ahora, y como ya he dicho, es otro obrero más y todos tenemos la sensación de que trama algo. No sabemos qué, es un misterio. Hay quien dice que está pensando en cómo hacerle la pelota a su jefe Jesús; algunos ya se lo imaginan dejándose el pelo largo y empezando a escuchar música *rock and roll*. No sé cómo lo hará. También está el que dice que está pensando en irse y empezar de cero en otro trabajo, pues aquí ya no tiene nada que hacer. Y para terminar, otros piensan que trama una venganza contra Jesús, o contra Edu, que ahora es su encargado, o contra todos. También añadiría que a Paco le ha cambiado la vida radicalmente. Y no para mejor, como él se imaginaba. Todo esto también conlleva problemas de pareja, sí, con su mujer, a la que todos creemos que este final habrá afectado mucho, pues ya se veía como la mujer del todopoderoso jefazo. No pocos piensan que, para estar conviviendo con Paco tanto tiempo, es porque muy parecida a él debe de ser, aunque nadie la conoce personalmente. Yo de momento seguiré ojo avizor, porque sé que esto no puede quedar así. Aunque poco puedo aprender de Paco, sí me quedaría con lo tozudo que es. Además, comparto un poco de cada opinión de sus compañeros, estoy deseando ver qué se le ocurre a nuestro grandioso Paco.

Espero que te haya gustado esta pequeña historia. Estaré encantado de contarte todo lo que pueda pasar en el futuro.